La Celestina

Adapted for Intermediate Students

Marcel C. Andrade
Professor of Spanish
University of North Carolina—Asheville

Illustrations by George Armstrong

National Textbook Company
NTC a division of *NTC Publishing Group* • Lincolnwood, Illinois USA

The author dedicates this book to his mother, Laurita Ordóñez Córdova.

1990 Printing

Published by National Textbook Company, a division of NTC Publishing Group.
© 1987 by NTC Publishing Group, 4255 West Touhy Avenue,
Lincolnwood (Chicago), Illinois 60646-1975 U.S.A.
Manufactured in the United States of America.

0 VP 9 8 7 6 5 4 3

Contents

Introduction

One of the greatest works of Spanish literature, *La Celestina* was the first of a new literary genre known as the *Novela dramática* (or "Dramatic Novel"), a narrative form characterized by dialogues of often great length. The book was first published in 1499 in an anonymous edition produced in the city of Burgos. Consisting of sixteen *autos,* or acts, this original edition was entitled the *Comedia de Calisto y Melibea,* after the novel's two romantic protagonists. In 1501, a new edition appeared in Seville, this time bearing the name of Fernando de Rojas as its author. In later editions, five *autos* were added to the novel, increasing the total to twenty-one. Details in the text of *La Celestina* indicate that Fernando de Rojas was not the sole author of the work. Rodrigo de Cota and Juan de Mena were also likely contributors to the novel.

Soon after its publication, *La Celestina* came to enjoy critical esteem and popular success not only in Spain, but throughout Western Europe. In Spain alone, an impressive sixty-six editions of the work appeared in the sixteenth century. The novel was soon translated into Italian (1506), German (1520), French (1527), and subsequently into English (1530). *La Celestina* enjoys the distinction of being the first Spanish book ever translated into English.

Through the centuries, *La Celestina* has offered its readers a rich fund of insight into human psychology, fusing, as it does, high idealism with harsh realism. The novel depicts the tragic love of Calisto and Melibea, two young aristocrats who, though wealthy, have little experience of the deviousness and corruption of the world. At their first meeting in the garden of Melibea's home, Calisto falls hopelessly in love with her. Heartbroken when Melibea does not respond in kind, Calisto seeks the advice of his crafty servant Sempronio, who suggests that his master seek a go-between who will plead his case with Melibea. Sempronio mentions Celestina as a likely choice and slyly instructs Calisto to pay her a considerable sum of money for her services as mediator. Promising to share the money with Sempronio and another servant, Pármeno, the conniving old Celestina ultimately wins the favor of Melibea and arranges a secret meeting between her and Calisto. In the course of that meeting, Melibea falls deeply in love with Calisto. Soon after, Sempronio and

Pármeno come to Celestina to collect their share of the reward she received for arranging the meeting. Celestina, however, refuses to keep her promise. A violent argument ensues, leading to Celestina's death at the hands of Sempronio. At the end of Calisto and Melibea's final encounter, Calisto dies falling from a wall he was climbing to leave Melibea's garden. After a long lament, Melibea kills herself by jumping from a tower of the family mansion.

Because of its portrayal of the widest spectrum of human character and emotion, *La Celestina* has earned itself an admiring readership for nearly five hundred years. Cervantes himself referred to it as a *"libro en mi opinión divino . . . ."* Indeed, *La Celestina* has traditionally been considered second only to *Don Quijote* among the masterworks of Spanish literature. The portrayal of Celestina herself represents one of the triumphs of the book. Highly intelligent and psychologically astute, Celestina is supremely confident of her ability to manipulate her victims.

The dialogue style in which the book was written and the dramatic events of the story have given rise over the centuries to numerous adaptations for the stage and, more recently, for film. These theatrical versions have not been the work of Spanish authors alone; English, French, and German writers have tried their hand at "dramatizing" a novel that already embodies so many features of fine dramatic writing.

In this edition of *La Celestina,* the original story has been specially adapted and abridged for the use of intermediate Spanish-language students. Archaic language has been modernized and difficult constructions simplified. Nonetheless, every effort has been made to preserve the power and poetry of the original. This adaptation also reproduces key sections of the original novel, so that students will miss none of the episodes that have illuminated readers for centuries.

Sideglosses and footnotes facilitate reading by explaining the meaning of difficult words and by clarifying obscure cultural references. A general Spanish-English Vocabulary at the back of the book offers further assistance. To check reading comprehension in the course of the story, content questions have been provided at the end of every *acto*. Besides testing comprehension, these questions also allow students to develop their active speaking and writing skills in Spanish.

La Celestina
Fernando de Rojas

Personajes° principales

Calisto es un joven noble y rico.
Melibea es una bella joven, noble y rica.
Celestina es una alcahueta° vieja (el personaje central).
Sempronio es el sirviente principal de Calisto.
Pármeno es el joven sirviente de Calisto.
Pleberio es el padre de Melibea.
Alisa es la esposa de Pleberio y madre de Melibea.
Elicia es la enamorada° de Sempronio.
Areusa es la enamorada de Pármeno.
Lucrecia es la joven sirvienta de Melibea.
Tristán es un sirviente secundario de Calisto.
Sosia también es sirviente secundario de Calisto.

Argumento

Calisto,[1] un joven rico, noble y hermoso, se enamoró de
Melibea.[2] Ella era la bella hija de Pleberio y Alisa, y la única

[1] In Greek, *Calisto* means very handsome.
[2] *Melibea,* also in Greek, means voice of honey.

1

heredera° a la gran fortuna de su padre. Pleberio era un constructor de navíos,° entre otras cosas.

Calisto, loco de pasión por Melibea, hizo tratos° con Celestina. La vieja Celestina era una alcahueta muy astuta, con mucha experiencia. Celestina prometió a Calisto que con sus poderes haría que Melibea lo amara.°

Sempronio y Pármeno, los sirvientes de Calisto, también lo ayudaron. Celestina explotó la codicia° de Sempronio y Pármeno para que le fueran desleales° a Calisto. Los amantes, Calisto y Melibea, y todos los que los ayudaron encontraron un amargo° y desastroso fin.

heredera heir
constructor de navíos
  shipbuilder
tratos deals, dealings

haría . . . amara would
  make Melibea love him

codicia greed
desleales disloyal

amargo bitter

Preguntas

1. ¿Quién es el personaje principal?
2. ¿Cómo se llaman los dos amantes nobles?
3. ¿Quiénes son Pleberio y Alisa?
4. ¿Por qué habló Calisto con Celestina?
5. ¿Cómo era Celestina?
6. ¿Quiénes eran desleales?
7. ¿Cuál es más fuerte, el amor o la codicia? ¿Por qué?

PRIMER ACTO.

Calisto se enamora de Melibea.

Un halcón de caza[1] de Calisto vuela y se extravía.° Calisto **se extravía** gets lost
lo busca. Llega a las paredes que protegen la mansión de
Pleberio. Escala° las paredes y encuentra en el jardín a la **Escala** He climbs
bella Melibea. Al verla, se enamora de ella.

Calisto.   ¡Veo en esto la grandeza de Dios!

Melibea.   ¿En qué, Calisto?

Cal.   ¡En tu belleza! Gozo en verte más que los
santos gozan el cielo.

Mel.   ¿Verme es un gran premio?°   **premio** reward, prize

---

[1] Falconry was a popular sport of the Spanish nobility during this period, and many practice this
sport even today. This sport seems to have originated with the Arabs who invaded Spain in 711 and
remained there until 1492, when they were expelled by Ferdinand and Isabella, the Catholic monarchs.

3

Cal.	Sí. Es tan gran premio que prefiero estar aquí contigo que con los santos en el cielo.	
Mel.	¡Fuera de aquí, torpe!° No tengo paciencia para tolerar torpezas.²	**torpe** fool

Al escuchar las palabras inoportunas de Calisto y al entender la situación, Melibea lo rechaza,° enfadada.° Calisto regresa a su casa muy enojado° y llama a Sempronio, su sirviente.

rechaza rejects
enfadada angry
enojado angry

Cal.	¡Sempronio! ¡Sempronio! ¿Dónde está este maldito?°³	**maldito** wretched one
Sempronio.	Aquí, señor, cuidando° un halcón.	**cuidando** taking care of
Cal.	Cierra la ventana de la alcoba y déjame en la oscuridad. ¡Quiero morir!	
Sem.	¿Qué dices?	
Cal.	¡Fuera° de aquí, Sempronio! ¡Fuera, o te mato con mis manos!	**Fuera** Get out
Sem.	(Aparte)⁴ ¿Qué será el mal° de Calisto?	**el mal** the affliction
Cal.	¡Sempronio! Toca en el laúd° la canción más triste que sepas.°	**laúd** lute **que sepas** that you know
Sem.	(Aparte) ¡Mi amo está loco!	

² Calisto breaks in the estate of Pleberio, the father of Melibea. This act alone startles Melibea. Calisto then talks to her about her beauty, comparing it to the Christian God and saints in heaven. Melibea doesn't understand fully what Calisto is saying; however, she notices that his words are inappropriate and strange. It seems that Calisto and Melibea knew of each other; nevertheless, this is the first time they have actually met.

³ Servants at the time belonged to the poorest social classes, and the indulgent, idle nobility treated them as subhumans. Servants, in turn, felt resentment and hatred toward their masters. European literature, from the earliest times, has examples of ill treatment of servants (the poor had to survive by intelligence and craftiness). In many instances, servants were smarter and, at times, more educated than their masters. Sempronio is certainly smarter than Calisto.

⁴ Aparte: An aside. The character speaks to his audience or to the reader in private, communicating inner thoughts that could not be shared with the other characters. This is a dramatic device, from the time of classical drama, used for comic purposes, to expose someone's flaws or to advance the plot. When the public was uneducated, actors used the aside to make sure everything was understood in their plays.

—¡Fuera de aquí, torpe! No tengo paciencia para torpezas.

Cal. El amor me quema. Prefiero el amor que
ir al cielo.

Sem. Tú contradices con tus herejías° la religión   **herejías** heresies
cristiana.

Cal. Yo no soy cristiano, soy melibeo.[5] A Melibea
adoro.

Sempronio se da cuenta de° que Calisto está loco de amor   **se da cuenta**
por Melibea.   **de** realizes

Sem. ¿Entonces, Melibea no te corresponde?° ¡Tú   **no te corresponde**
eres hermoso, alto, fuerte, noble y rico!   does not return your
  love

Cal. Melibea no me corresponde. Ella me aven-
taja.° Es más noble, tiene mayor fortuna,   **Ella me aventaja.** She
tiene muchas virtudes. Es hermosa. Sus   is better than I.
cabellos de oro llegan hasta sus pies. Sus
ojos verdes son bellos, sus pestañas son
largas, sus dientes son blancos, su piel es
de nieve, y sus manos son lindas.[6] Creo que
Melibea es más bella que Helena de Troya.[7]

Sempronio es un sirviente desleal y oportunista. Se
aprovecha de la situación para tratar de sacar dinero a su amo.
Le dice que será muy difícil que Melibea lo ame.° Pero le   **que . . . ame.** for
promete que le conseguirá una entrevista° con Melibea por   Melibea to love him.
medio de una vieja bruja barbuda° que se llama Celestina.   **entrevista** meeting,
Sempronio, entonces, muy contento con esta oportunidad,   interview
va a la casa de Celestina.   **vieja bruja barbuda** an
  old, bearded witch

---

[5] At a time when there was intense religious persecution in Spain by the Catholic Church, this state-
ment constituted heresy, punishable by torture or worse. Sempronio is very alarmed, but less confused than Melibea. He is also amused at the excesses of Calisto.

Calisto expresses himself in terms of courtly love, which flourished during the Middle Ages in Europe.
It was a code of conduct for lovers with a set of strict rules. To the modern reader, these rules seem
ridiculous: The relationship had to be secret. Lovers could not be married to each other. The male
lover had to be humble, devoted, loyal, and must venerate his beloved. There were courts, made
up of women, which tried cases and imposed sentences on unfit lovers. Courtly love was called the
religion of love.

[6] The physical description of Melibea may have been inspired by *The Song of Solomon* (*Song of Songs*)
(*Cantar de los cantares* in Spanish).

[7] *Helena de Troya* was a Greek princess known for her beauty. The Trojan prince Paris kidnapped
her, thereby starting the Trojan War.

Preguntas

1. ¿Qué se extravía?
2. ¿Cómo entra Calisto en el jardín de Pleberio?
3. ¿Por qué le despide Melibea a Calisto?
4. ¿Cómo llama Calisto a su sirviente? ¿Por qué?
5. ¿Qué quiere hacer Calisto?
6. ¿Para qué son los *apartes*?
7. ¿Por qué quiere escuchar Calisto una canción triste?
8. ¿Por qué dice herejías Calisto?
9. Según Calisto, ¿por qué no le corresponde Melibea?
10. ¿Cómo es Sempronio?
11. ¿Qué promete Sempronio?
12. ¿Qué piensa Ud. de las restricciones que tenían los novios de esta época?

SEGUNDO ACTO.

Celestina entra en acción.

Sempronio, al ver a Celestina, le informa que Calisto está locamente enamorado de Melibea. Le dice también que sacarán gran provecho° de esta situación por la experiencia de Celestina como alcahueta. Celestina y Sempronio se dirigen entonces a casa de Calisto. Mientras tanto, Pármeno, un joven sirviente leal a Calisto, le advierte° a su amo que Celestina es peligrosa. Le dice que no debe confiarse de ella. Pármeno describe los varios trabajos de Celestina: costurera, perfumera, maestra de hacer cosméticos, alcahueta y hechicera.° Calisto no escucha a Pármeno. Abre la puerta y saluda a Celestina.

sacarán gran provecho they will get great profit, benefit

advierte warns

hechicera witch

Cal.   ¡Ya veo a Celestina! ¡Mira qué reverenda persona! ¡Por la cara° se conoce su virtud interior!

Por la cara By her face

Celestina.   *(Aparte)* Sempronio, el tonto de tu amo es inoportuno. Dile que cierre la boca y abra la bolsa.

8

Cal.	¿Qué dijo Celestina? Me parece° que quería un regalo. Trae las llaves, Sempronio. Voy a darle un buen regalo.	**Me parece** It seems to me

Calisto y Sempronio van por el regalo. Mientras tanto Celestina convence al leal Pármeno que se una° a ella y a Sempronio y que no proteja° a Calisto. En cambio, Celestina le presentará° a una bella muchacha que se llama Areusa. Regresan entonces Calisto y Sempronio.

se una he should join
no proteja should not protect
le presentará will introduce him

Cal.	Madre Celestina, recibe este pobre regalo y con él mi vida.	
Cel.	Tu generosidad es mejor que estas monedas de oro que me das.	
Cal.	Vé y gástalas,° Celestina, en cosas para tu casa. Luego, regresa y consuela mi casa.°	**gástalas** spend them **consuela mi casa.** bring consolation to my house.
Cel.	¡Adiós!	
Cal.	Dios te guarde.	

Celestina, muy contenta, sale a cumplir el encargo de Calisto. Calisto quiere saber si hizo bien. Habla con los sirvientes como si fueran° sus hermanos.[1]

como si fueran as if they were

Cal.	Hermanos míos, di cien monedas de oro a Celestina. ¿Está bien?	
Sem.	Sí, hiciste bien. ¡Qué glorioso es dar! ¡Qué miserable es recibir!	
Cal.	Sempronio, no está bien que ella vaya° sola. Ve con Celestina y apúrala.° Mi salud depende de su éxito.	**vaya** goes **apúrala** hurry her

Sempronio va a casa de Celestina. Pármeno trata otra vez de prevenir° a Calisto sobre los peligros de Celestina. Le

prevenir to warn

---

[1] Calisto, hoping for loyalty and consumed by anxiety, steps out of his natural role as a nobleman. He treats his servants improperly, with excessive familiarity and as his equals (brothers).

dice que Celestina fue emplumada° tres veces.[2] Calisto, muy   **emplumada** feathered
irritado, le acusa a Pármeno de envidia y rivalidad hacia Sem-
pronio. Para Pármeno, todo su esfuerzo es inútil.°   **inútil** useless

Preguntas

1. ¿Qué sacarán Celestina y Sempronio de Calisto?
2. ¿Qué advierte Pármeno a Calisto?
3. ¿Cuáles eran los trabajos de Celestina?
4. ¿Cómo saluda Calisto a Celestina?
5. ¿Cómo reacciona Celestina?
6. ¿Qué le dice Celestina a Pármeno?
7. ¿Qué le da Calisto a Celestina? ¿Para qué?
8. ¿Por qué les habla Calisto a sus sirvientes como si fueran sus hermanos?
9. ¿Qué dice Sempronio sobre recibir regalos? ¿Le cree Ud.?
10. ¿Adónde le manda Calisto a Sempronio?
11. ¿Cómo castigaron a Celestina, según Pármeno?
12. ¿Qué piensa Ud. de una persona que siempre trata de sacar provecho de cada situación?

---

[2] As a punishment for certain crimes, such as witchcraft, the accused would be tarred and feathered.

TERCER ACTO.

Celestina se prepara a cumplir su misión.

En la casa de Celestina, Sempronio trata de apurarla para hacer los tratos con Melibea.

Sem. Calisto tiene prisa.

Cel. Los amantes sin experiencia son impacientes.

Sem. Saquemos provecho mientras esto dure.°   **Saquemos . . . dure.** Let's take advantage while this lasts.

Cel. ¡Bien has dicho!

Sem. ¿Qué sucedió con Pármeno?

Cel. Lo convertiré a nuestro lado. Le presentaré a Areusa.

Sem. ¿Crees que podrás alcanzar algo de Melibea?

Al salir Elicia, Celestina conjura a Plutón . . .

Cel. No hay cirujano[1] que cure en una sola visita.
      Iré a la casa de Pleberio, su padre. Aunque
      Melibea esté° enojada con Calisto, la   **esté** is, may be
      conquistaré.°   **la conquistaré** I will
                                                       conquer her

Sem. ¡Cuidado! Piensa que Pleberio es poderoso,°   **poderoso** powerful
      y Alisa, su esposa, es celosa y brava.° Y   **brava** ill-tempered
      tú, Celestina, eres la misma sospecha.° Vas   **la misma sospecha**
      a ir por lana y venir trasquilada.[2]   suspicion itself

Cel. ¿Trasquilada, hijo?

Sem. O emplumada, madre, que es peor.

Sempronio regresa a casa de Calisto. Celestina se queda
sola. Llama a Elicia y le manda que traiga aceite de serpiente,
un papel escrito con sangre de murciélago, una ala de dragón,
una piel de gato negro, ojos de loba° y barbas de cabra.° Al   **loba** female wolf
salir Elicia, Celestina conjura a Plutón[3] con todas estas cosas   **barbas de cabra** goat's
de brujería.° Le pide su ayuda con Melibea. Luego guarda   whiskers
todos los artefactos° y va a la casa de Melibea. Se habla°   **brujería** witchcraft
en el camino.   **artefactos** devices
                                                                Se habla She talks to
                                                                herself

Cel. Hay peligro en hacer estas cosas. Así dice
      Sempronio. Pero soy osada° y me he visto°   **osada** daring
      en peores situaciones. ¡Adelante,° Celestina!   **me he visto** I've seen
      Además, no he visto hoy malos agüeros.°   myself; I've found
                                                       myself
                                                       Adelante Onward
                                                       agüeros omens

Celestina lleva consigo una cesta con hilos de colores.
Tratará de venderlos en la casa de Melibea.[4]

---

[1] *Cirujanos:* During the time of *La Celestina,* surgeons, physicians, druggists, and barbers, all prac-
ticed medicine in some form. Celestina compares herself to the surgeons because of her professionalism.
She is very self-confident.

[2] This is a saying that could be translated as "Go for wool and come back shorn."

[3] *Plutón:* In mythology, he is the king of hell and god of the dead (Greek Hades).

[4] Many people walked from house to house peddling their services: tinkers, locksmiths, barbers,
medicine men and women, seamstresses, and even religious people administering religious services.
It wasn't unusual for Celestina to peddle her threads.

13

Preguntas

1. ¿Qué cree Celestina de los amantes impacientes?
2. ¿Cómo convertirá Celestina a Pármeno?
3. ¿Podrá Celestina alcanzar algo de Melibea?
4. ¿Qué advierte Sempronio a Celestina?
5. ¿Por qué dice Sempronio, "O emplumada, madre, que es peor"?
6. ¿A quién llama Celestina?
7. ¿Qué pide Celestina a Elicia?
8. ¿Quién es Plutón?
9. ¿Qué le pide a Plutón, Celestina?
10. ¿Qué dice Celestina de si misma?
11. ¿Qué lleva Celestina en la cesta?
12. ¿Cree Ud. que los agüeros existen hoy en día? ¿Por qué?

CUARTO ACTO.

Celestina entra en la casa de Melibea.

Cuando Celestina llega a la casa de Melibea, ve a Lucrecia en la puerta. Lucrecia es prima de Elicia y sirvienta de Melibea. Lucrecia se sorprende de ver a Celestina y supone° que ella tiene malas intenciones. Celestina le dice que quiere ver a Alisa y Melibea para venderles hilo. Lucrecia recuerda que su señora está tejiendo y necesita ese hilo.

supone supposes

Alisa, la madre de Melibea, llama a Lucrecia desde adentro y le pregunta con quién habla. Lucrecia dice que tiene vergüenza° de decir el nombre. Consiente ante la insistencia de Alisa y le dice: "Es Celestina." Se ríe Alisa[1] y pide que suba° Celestina.

tiene vergüenza is ashamed

pide que suba asks her to come up

> Cel. Buena señora, la paz de Dios sea contigo.[2]
> No he venido antes de ahora por mis

---

[1] Alisa shows her stupidity when she lets Celestina in her home, especially since Celestina's reputation is well-known to Alisa.

[2] The *usted* form did not exist at the time *La Celestina* was written. The *tú* form, coming from the Latin *tū,* was standard. The pronoun *vos* was often used to express reverence at this time.

enfermedades. Necesito dinero y vengo a
venderte este hilo que sé que necesitas.

Alisa. Mujer honrada,° siento compasión por ti.   **honrada** honest
Te pagaré bien por tu hilo.

Alisa entonces le pide a Melibea que se quede° con   **se quede** to remain
Celestina un momento. Alisa se despide de ellas porque tiene
que ir a visitar a su hermana. Celestina se alegra de ver tan
brillante ocasión para su plan.

Cel. *(Aparte)* ¡Plutón ha creado esta oportunidad!

Una vez° solas, Celestina le habla a Melibea de los   **Una vez** Once
placeres° de la juventud y los achaques° de la vejez. Le ex-   **placeres** pleasures
plica también que ha venido por otra razón.   **achaques** aches and pains

Cel. Quiero llevar una palabra tuya a un enfermo
quien muere.

Mel. No temas. Dime, ¿quién es?

Cel. Su enfermedad es secreta.

Mel. ¡No dilates° más! Dime.   **dilates** prolong, stall

Cel. Un joven gentil, de clara sangre,° que se   **clara sangre** clear, or pure, blood
llama Calisto.

Melibea reacciona indignada al oír el nombre de Calisto.

Mel. ¡Debes ser quemada, alcahueta falsa y mentirosa!° ¡Lucrecia, quítale de aquí! ¡Estoy   **mentirosa** lying
furiosa! El mal del saltaparedes° es la   **saltaparedes** lit., a wall-jumper
locura.

Cel. *(Aparte)* ¡Plutón, ayúdame!

Mel. ¿Sigues hablando para enojarme más?

Cel. *(Aparte)* Más fuerte estaba Troya[3] y a otras

[3] Troy was held in siege by the Greeks for ten years. The story of this war was immortalized by
Homer in the *Iliad*.

16

más enojadas he amansado.° Una tempestad **amansado** tamed
no dura mucho tiempo.

Mel. ¡Habla! ¿Tienes disculpas para tu osadía?

Cel. La verdad es que necesito una oración° que **oración** prayer
tú sabes y tu cordón santo.[4] Calisto tiene
dolor de muelas,° y eso lo curará. Esta es **dolor de muelas**
la verdadera razón por que vine. toothache

Mel. Si eso querías, ¿por qué no lo expresaste?

Cel. Mi motivo era limpio. No pensé que
sospecharías mal.

Melibea se calma con las razones que le da Celestina.
Celestina se aprovecha de esta oportunidad para decirle que
Calisto es hermoso, gracioso, alegre y noble. Le dice también que es tan bello como un ángel. Le informa que tiene
veintitrés años de edad y toca en el laúd canciones muy tristes.
Melibea se interesa. Le da a Celestina el cordón santo y promete verla nuevamente. Celestina, muy contenta, se dirige
ahora a casa de Calisto.

Preguntas

1. ¿Quién es Lucrecia? ¿Qué supone ella?
2. ¿Qué pregunta Alisa? ¿Por qué se ríe?
3. ¿Qué le dice Celestina a Alisa?
4. ¿Qué dice Celestina a Melibea?
5. ¿Por qué se enoja Melibea?
6. ¿Qué nombres llama Melibea a Celestina?
7. ¿Qué quiere decir *saltaparedes*? ¿Quién es?
8. ¿Qué otra disculpa da Celestina a Melibea?
9. ¿Acepta las disculpas Melibea?
10. ¿Cómo describe Celestina a Calisto?
11. ¿Cree usted que Celestina es inteligente? ¿Por qué?
12. ¿Qué piensa usted de Alisa? Ella se va, dejando sola a su hija Melibea
    con Celestina.

---

[4] *Cordón santo:* Some Catholics attribute curative powers to sacred relics. In this case, the cord has
power against pain.

QUINTO ACTO.

Celestina trae consuelo a la casa de Calisto.

Celestina llega a la casa de Calisto con Sempronio. Al verla, Calisto la recibe con gran emoción. Pármeno, por su parte, sospecha que Celestina obtendrá más dinero aún de Calisto y no lo compartirá° ni con él ni con Sempronio. Sempronio, por otra parte,° piensa que Celestina es mala y falsa, pero se consuela porque cree que la dará parte de los cien doblones[1] de oro. Calisto le habla a Celestina.

no lo compartirá will not share it
por otra parte on the other hand

Cal. ¿Dime qué pasó? ¡O mátame con esta espada!

Cel. Te quiero dar la vida con la esperanza.

Cal. ¿Qué pasó?

---

[1] In the sixteenth century, the Catholic monarchs, Ferdinand and Isabella, ordered a 23-karat gold doubloon minted. The coin had the face of Ferdinand on one side and Isabella on the other.

Cel. La ira de Melibea se convirtió en miel. Te
traigo su cordón santo.

Cal. Es una joya y mi gloria. ¡Pármeno! Corre
al sastre y manda que corte un manto° y una   **manto** shawl
saya° para Celestina.   **saya** skirt

Cel. Toma el cordón. Yo te daré a Melibea. Me
voy. Regresaré mañana por mi manto.
Distráete en otras cosas, Calisto. No pienses
en Melibea.

Cal. Eso no. No puedo olvidar a Melibea ni por
un instante.

Calisto manda a Sempronio y Pármeno que acompañen a
Celestina a su casa. Mientras tanto dice que la fortuna le sigue
adversa y que su vida es penosa° sin Melibea. Dice también   **penosa** sorrowful
que es herejía no pensar en Melibea. Celestina aconseja a
Calisto que se temple° y que trate al cordón como cordón   **se temple** to control
para que no se confunda° al ver a Melibea.   himself
  para . . . confunda so
  that he doesn't become
Cel. Debes saber la diferencia entre Melibea y   confused
su cordón. No puedes hablar igual a Melibea
y al vestido.

Calisto se queda solo, lamentándose de su soledad.

Preguntas

1. ¿Qué sospecha Pármeno? *Pármeno sospecha que Celestina y no lo compartirá los sirvientes de Calisto*
2. ¿Qué piensa Sempronio de Celestina? *Sempronio piensa que Celestina mala y falsa.*
3. ¿Cómo saluda Calisto a Celestina? *Saluda Calisto a la Celestina con gran emoción.*
4. ¿Qué es la relación entre Melibea y la miel? *La ira de Melibea se convierte en miel.*
5. ¿Qué trae Celestina a Calisto? *Celestina trae el cordón a Calisto.*
6. ¿Qué va a recibir de regalo Celestina? *Celestina va a recibir eran*
7. ¿Qué aconseja Celestina a Calisto?
8. ¿Qué manda hacer Calisto a sus sirvientes?
9. Según Calisto, ¿cómo es la vida sin Melibea?
10. ¿Qué dice Calisto que es herejía?
11. ¿Por qué debe Calisto tratar al cordón como cordón?
12. Se dice que el amor es una forma de locura. ¿Está Ud. de acuerdo con esta
opinión? ¿Por qué?

SEXTO ACTO.

Celestina convence a Pármeno.

Celestina tiene miedo de que Pármeno murmure° contra ella. **murmure** murmur, tell
No quiere que Calisto la despida.° Ya en su casa, Celestina tales
le habla a Pármeno de su niñez y de Claudina, la madre de **la despida** to fire her
Pármeno. Le cuenta que Claudina era su gran amiga. Tam-
bién era bruja como Celestina. Le pide a Pármeno que le
sea leal como lo fue Claudina. Pármeno, ya convencido, le
pregunta a Celestina por la prometida Areusa. Celestina sube
al cuarto de Areusa y ve que está allí otro enamorado.
Celestina convence a Areusa que lo despache° y que vea° **despache** send away,
a Pármeno. Areusa consiente y habla con Pármeno. get rid of
vea see

    Pármeno.   Señora, ¡Dios salve tu graciosa presencia!¹

    Areusa.   ¡Gentil hombre! ¡Bienvenido seas!

---

¹ Notice that the servants mimic the actions of their masters. They speak with the flowery flair of
Calisto and Melibea. Pármeno seems to be the counterpart of Calisto; and Areusa, the counterpart
of Melibea.

| Cel. | Ven aquí Pármeno asno.° ¿Por qué te vas a | **asno** jackass |
| | sentar en ese rincón?[2] | |

Pár. *(Aparte)* Celestina, madre, Areusa es bella
y me muero de amor por ella.

Are. Madre, ¿qué dice Pármeno?

Cel. Dice que quiere tu amistad. Dice también
que desde este momento promete ser muy
leal a Sempronio y estar contra Calisto. ¿Lo
prometes, Pármeno?

Pár. Sí, lo prometo, sin duda.

Celestina está muy satisfecha porque Pármeno finalmente
está a su lado.

Preguntas

1. ¿De qué tiene miedo Celestina?
2. ¿De qué le habla Celestina a Pármeno?
3. ¿Cómo era Claudina?
4. ¿Por qué debe ser leal Pármeno a Celestina?
5. ¿Qué quiere Pármeno?
6. ¿Dónde está Areusa?
7. ¿A qué le convence Celestina a Areusa?
8. ¿Por qué se hablan Pármeno y Areusa como si fueran nobles?
9. ¿Cómo sabemos que Pármeno es tímido?
10. ¿Qué dice Celestina a Pármeno?
11. En realidad, ¿dijo Pármeno lo que Celestina repite a Areusa?
12. ¿Qué piensa Ud. de la manera en que Celestina obtuvo la promesa o la lealtad de Pármeno?

---

[2] Evidently the young, shy, and inexperienced Pármeno sits terrified in a corner, on the floor, facing the wall. Celestina makes the situation comical.

SÉPTIMO ACTO.

El banquete de celebración de Celestina.

Calisto, en su mansión, está melancólico. Ni duerme ni está despierto. Recita poesías. Sempronio y Pármeno lo escuchan y se ríen de él aparte. Calisto va a la iglesia de la Magdalena[1] para rogar a Dios que Celestina consiga su deseo.[2]

Mientras tanto, los sirvientes van a un banquete de celebración en la casa de Celestina. Al verlos, Celestina les dice:

Cel.   ¡Oh, mis perlas de oro!

Pár.   ¡Qué palabras tiene la noble Celestina!

Sem.   *(Aparte)* Ves, hermano, sus halagos° son fingidos.°

      halagos flattery, compliments
      fingidos pretended, false

---

[1] There were several cities in Spain that had churches named *Magdalena:* Sevilla, Toledo, Salamanca. This is one of the clues for establishing the setting of *La Celestina;* however, critics are still not sure of the actual locale. Some are convinced it is Salamanca.

[2] The prayer of Calisto is totally out of spirit. He is praying for his own personal gratification. In doing so, he makes the situation comical as well as sacrilegious.

—¡Yo soy tan hermosa como Melibea! Lo único mejor que tiene ella es la ropa fina.

Cel.	¡Elicia! ¡Areusa! Vengan. Aquí están dos señores. Es hora de comer.	

Sempronio se sienta junto a Elicia y Pármeno junto a Areusa.

Eli.	¡Yo soy tan hermosa como Melibea! Lo único mejor que tiene ella es la ropa fina.	
Are.	Cuando se levanta Melibea por la mañana, tiene untada° en la cara hiel,° miel e higos pasados.° Sus riquezas la hacen bella, no las gracias de su cuerpo. ¿Por qué no busca Calisto una de nosotras? Somos más bellas.	**untada** smeared **hiel** gall **higos pasados** overripe figs
Sem.	Calisto y Melibea son nobles y se buscan los unos a los otros. Por eso, él quiere a ella y no quiere a una de ustedes.	
Eli.	¿Oyes lo que dice Sempronio? ¡No quiero comer con este malvado!°	**malvado** wicked man
Cel.	No respondas, Sempronio. Está enojada porque has alabado° a Melibea.	**has alabado** you have praised

Alguien toca a la puerta. Elicia sale para averiguar° quién es.   **averiguar** to find out

Eli.	¡Celestina! Lucrecia ha venido.	

Entra Lucrecia, apurada.

Lucrecia.	Celestina, mi señorita Melibea quiere su cordón santo. También quiere que vayas a verla. Además, tiene gran dolor del corazón. *(Aparte)* Celestina es una hechicera traidora° y falsa.	**traidora** disloyal
Cel.	Vamos a Melibea. Aquí tengo su cordón santo.	

Terminan todos el banquete y se despiden. Celestina y Lucrecia se dirigen a la mansión de Melibea.

24

Preguntas

1. ¿Qué hace Calisto en su mansión?
2. ¿Por qué se ríen de él Sempronio y Pármeno?
3. ¿Por qué va Calisto a una iglesia?
4. ¿Adónde van los sirvientes?
5. ¿Cómo se saludan? ¿Por qué?
6. ¿Qué dice Elicia de Melibea?
7. ¿Qué dice Areusa de Melibea?
8. ¿Cuál de las dos está más celosa de Melibea?
9. ¿Por qué está enojada Elicia con Sempronio?
10. ¿Qué quiere Lucrecia?
11. ¿Qué piensa Lucrecia de Celestina?
12. ¿Cree Ud. que la belleza depende de las riquezas de una persona? ¿Por qué?

OCTAVO ACTO.

Melibea sucumbe° al amor.

Melibea espera a Celestina en su mansión. Está impaciente y quiere ver a Calisto. Llegan Celestina y Lucrecia. Melibea le dice a Celestina que siente que serpientes le comen el corazón. Celestina sabe que es el mal del amor y sabe también que ahora Melibea está bajo su poder.° Melibea se queja:°

Mel. El dolor del amor me priva el seso.°

Cel. ¿Es el nombre Calisto veneno para ti? Si me prometes silencio, verás como soluciono todo.

Mel. Te doy mi fe.° Y te daré regalos si siento alivio.°

Luc. *(Aparte)* ¡El seso ha perdido mi señorita!

Cel. *(Aparte)* ¡Plutón me libró° de Pármeno, y me topo° ahora con Lucrecia!

sucumbe succumbs, gives in

bajo su poder under her power
se queja complains
me priva el seso deprives me of my reason

Te doy mi fe. I give you my word.
alivio relief

me libró freed me
me topo I run into

Mel.	¿Qué dices, Celestina?

Cel.	Melibea, manda que salga Lucrecia porque tiene un corazón débil. ¿Me perdonas, Lucrecia, hija?

Mel.	¡Sal, Lucrecia! ¡Pronto!

Luc.	*(Aparte)* Todo se ha perdido.

Sale Lucrecia. Melibea hace más preguntas.

Mel.	¿Cómo se llama mi dolor?

Cel.	Se llama amor dulce, y es un fuego escondido.

Mel.	¿Cuál es el remedio?

Cel.	Calisto. Pronto yo los juntaré, y los deseos de los dos serán cumplidos.

Mel.	¡Oh, mi Calisto y mi señor! Celestina, mi madre y señora, hazme verlo.

Cel.	Lo verás y vas a hablar con él.

Mel.	¿Cómo? ¡Es imposible!

Cel.	Nada es imposible. Le hablarás por entre° las puertas de tu casa.

por entre in between

Mel.	¿Cuándo?

Cel.	Esta noche, a la medianoche. . . Ya viene tu madre Alisa. ¡Adiós!

Celestina se va y Melibea le pide a Lucrecia que guarde en secreto lo que escuchó. Lucrecia promete hacerlo.

Alisa ve salir a Celestina y le pregunta por qué viene tan frecuentemente. Celestina dice que Melibea necesita más hilo.

Luego al ver a su hija, Alisa le pregunta qué quería Celestina. Melibea responde que quería venderle solimán.° **solimán** skin spot remover

Alisa nota la contradicción y advierte a Melibea que Celestina es peligrosa.[1] Dice también que la verdadera virtud es más temible° que la espada. Las advertencias de Alisa no tienen ahora ningún efecto en Melibea. Ella verá a Calisto.

temible   fearful

Preguntas

1. ¿Cómo está Melibea?
2. ¿Por qué está Melibea bajo el poder de Celestina?
3. ¿Qué dará Melibea a Celestina si siente alivio?
4. ¿Qué dice Lucrecia? ¿Es Lucrecia leal a Melibea?
5. ¿Qué piensa Celestina de Lucrecia?
6. ¿Cómo despacha Celestina a Lucrecia?
7. ¿Qué es el dolor de Melibea?
8. ¿Cuál es el remedio?
9. ¿Cuándo y cómo verá Melibea a Calisto?
10. ¿Qué mentira dice Celestina a Alisa?
11. ¿Qué es la mentira que le dice Melibea?
12. En realidad, ¿es la virtud verdadera más temible que la espada? ¿Por qué?

2. Melibea está bajo el poder de Celestina porqué

4.

---

[1] Although Alisa warns Melibea against Celestina, her warning is weak and too late.

NOVENO ACTO.

La dulce noticia.

En la iglesia de la Magdalena, Calisto reza° y pide en sus **reza** prays
oraciones que Melibea lo corresponda. Al volver a su casa,
ve a Celestina, Sempronio y Pármeno, quienes lo esperan.
Calisto le llama a Celestina "joya del mundo." Celestina le
trae muchas buenas noticias de Melibea. Le dice que Melibea
es suya. Como premio, Calisto le da a Celestina una gran
cadena de oro, para que se la ponga al cuello. Entonces
Celestina le dice:

Cel.   Calisto, Melibea desea verte.

Cal.   ¿Estoy yo aquí? ¿Oigo esto? ¿Estoy
       despierto? ¡Di la verdad, Celestina!

Cel.   Está prevenido° con ella que al dar las doce,° **Está prevenido** It is
       le hablarás por entre sus puertas.   arranged
                                                          al dar las doce at the
                                                          stroke of midnight

Cal.   ¡No soy merecedor de tanta merced!¹

¹ Cervantes uses this sentence in his novel *Don Quijote:* "I am not worthy of such mercy."

Cel.	He cumplido mi encargo.° Te dejo alegre. ¡Me voy muy contenta! ¡Adiós, Calisto!

He . . . encargo. I have fulfilled my promise.

Pár.	*(Aparte)* ¡Ji, ji, ji!²

Sem.	*(Aparte)* ¿De qué te ríes, Pármeno?

Pár.	*(Aparte)* De la prisa que tiene Celestina en irse. Quiere despegar° la cadena de esta casa rápidamente. No se cree digna de ella, como Calisto no es digno de Melibea.

despegar to separate

Sem.	*(Aparte)* Las alcahuetas no piensan sino en ponerse a salvo° cuando tienen oro. Ella no va a compartir la cadena con nosotros. Le sacaremos el alma° si no la comparte.

ponerse a salvo to be on safe ground

Le . . . alma We will take out her soul

Cal.	Son las diez de la noche. Dormiré un poco, y a las once iremos encubiertos° a la casa de Melibea.

encubiertos cloaked

Calisto se acuesta y duerme una hora.

Preguntas

1. ¿Quiénes están esperando a Calisto?
2. ¿Qué le da Calisto a Celestina? ¿Por qué?
3. Melibea quiere ver a Calisto. ¿Cómo reacciona Calisto a las noticias?
4. ¿Cuándo hablarán los dos novios?
5. ¿Ha terminado todo su trabajo Celestina?
6. Para los sirvientes de Calisto, ¿cuál es el significado de esto?
7. Según Pármeno, ¿por qué tiene prisa de salir Celestina?
8. ¿Qué piensa Sempronio de las alcahuetas que tienen oro?
9. ¿Qué sospechan Sempronio y Pármeno?
10. Al terminar este acto, ¿qué hora es?
11. ¿Qué hace Calisto?
12. ¿Una reunión a la medianoche es un agüero bueno o malo? ¿Por qué?

---

² In Spanish, laughter is imitated by the words *ja, ja, ja*. This is called onomatopoeia. Here, *ji, ji, ji* is sarcastic, not open, laughter.

DÉCIMO ACTO.

El encuentro de Calisto y Melibea.

A la medianoche, Calisto, Sempronio y Pármeno van a la
mansión de Melibea. Calisto, después de vacilar,° se acerca   **vacilar**   hesitating
a la puerta y oye la voz de Lucrecia. Cree que ha sido
engañado;° sin embargo, reconoce la voz de Melibea.   **ha sido engañado**   has
                                                                been deceived

    Mel.   ¿Quién te mandó venir? ¿Cómo te llamas?

    Cal.   Yo soy tu siervo,° Calisto. ¡No temas mostrar   **siervo**   slave
            tu belleza!

    Mel.   La osadía de tus mensajes me ha forzado
            a hablarte.

    Cal.   ¡Celestina me ha engañado! ¡Me dijo que
            me amabas!

    Mel.   Tú lloras de tristeza porque me juzgas°   **me juzgas**   you con-
            cruel. Yo lloro de placer porque te veo tan   sider me
            fiel.° Lo que te dijo Celestina es verdad.   **fiel**   faithful

31

Cal.   ¡Oh, señora mía! ¿Qué lengua será bastante
       para agradecerte?° ¡No creo que soy Calisto!   **agradecerte**   to thank
                                                                          you

Mel.   Tú mucho mereces. Desde que supe de ti,
       has estado en mi corazón. Estas puertas nos
       impiden estar juntos.

Cal.   Haré que mis sirvientes las derriben.°   **las derriben**   knock
                                                                     them down

Mel.   No. ¿Quieres perderme a mí y dañar mi
       fama? Seremos descubiertos. Ven mañana
       a estas horas por las paredes de mi huerto.

Pár.   *(Aparte)* ¡Calisto está loco! Quiere derribar
       las puertas. . . ¡Oigo ruido de gente!

Sem.   No temas, Pármeno, estamos a buena distan-
       cia. Podemos huir.

Cal.   Melibea, vendré mañana por el huerto.
       ¡Adiós!

Mel.   ¡Adiós! Que Dios vaya contigo.

Pleberio, en su alcoba, oye el ruido en las habitaciones de
su mansión. Pregunta a su esposa:

Pleberio.   Alisa, ¿oyes ruidos por la alcoba de
            Melibea?

Ali.   Sí, los oigo. ¡Melibea! ¡Melibea!

Ple.   Hija mía, ¿qué ruido es ese?

Mel.   ¡Señor! Es Lucrecia que fue a buscar un
       jarro de agua para mi sed.

Ple.   Duerme, hija, duerme.

Mel.   *(Aparte)* ¡Si mi padre lo supiera!°   **supiera**   only knew

Melibea, turbada° por lo que ha pasado, finalmente reposa.°   **turbada**   upset
                                                                reposa   rests

32

Preguntas

1. ¿Qué oye Calisto en la puerta de Melibea?
2. ¿Por qué cree que ha sido engañado?
3. ¿Por qué cree que Celestina lo ha engañado?
4. ¿Por qué lloran Calisto y Melibea?
5. ¿Es verdad lo que dijo Celestina a Calisto?
6. ¿Qué quiere hacer con las puertas Calisto?
7. ¿De qué se preocupa Melibea?
8. ¿Qué cree Pármeno de Calisto?
9. ¿Qué oye Pleberio?
10. ¿Qué dice Melibea que es el ruido? ¿Es verdad?
11. ¿Qué le dice Pleberio a Melibea?
12. Si usted fuera Lucrecia, ¿qué haría para proteger a Melibea? ¿Hablaría con Pleberio y Alisa? ¿Por qué?

UNDÉCIMO ACTO.

La codicia de los sirvientes y la muerte de Celestina.

Sempronio y Pármeno sospechan que Celestina no compartirá con ellos el oro que le dio Calisto. Deciden ir a casa de Celestina para reclamarle su parte de todo el oro. Pármeno piensa que deben espantarla.° Sempronio no quiere perder más tiempo.

espantarla   to frighten her

Llegan a la casa, y Celestina se sorprende de verlos después la medianoche. Los recibe de mala gana.° Sempronio está furioso. Celestina trata de distraerlo° hablando de Calisto y Melibea. Pero Sempronio habla de dinero. Dice que no tiene ni un maravedí,[1] y necesita dinero. Celestina sugiere que lo pida a Calisto. Sempronio le recuerda que Calisto les dio a los tres, cien monedas y una gran cadena de oro. Celestina responde.

mala gana   unwillingly
distraerlo   to distract him

Cel.   ¡Gracioso es el asno! ¿Qué tiene que ver°
tu salario con los regalos que me dio Calisto?
De todas maneras° di la pequeña cadenita de

¿Qué tiene que ver . . . ?   What does it have to do . . . ?
De todas maneras   anyway

[1] *Maravedí:* an old Spanish coin. During this period, 750 *maravedís* bought one *doblón*.

34

oro[2] a Elicia, y ella la ha perdido. Posiblemente unos hombres que entraron aquí la robaron. Yo hago mi trabajo como oficio° y me pagan como oficio. Para ustedes es pasatiempo. De todas maneras, si encuentro la cadena, les daré unos pantalones rojos que se ven bien en jóvenes como ustedes.

oficio a trade or business

Sem. La riqueza hace a esta vieja avarienta.

Pár. ¡Celestina, da a nosotros lo prometido, o te quitaremos todo!

Cel. Les daré a ustedes diez muchachas mejores que Elicia y Areusa.

Sem. ¡Danos nuestra parte del oro de Calisto!

Cel. Yo vivo de mi oficio limpiamente. Tú me viniste a buscar. Me viniste a sacar de mi casa. No me amenaces.° ¡Aunque soy vieja, gritaré y me oirán! ¡Elicia! ¡Elicia! Trae mi manto. Voy a la justicia.

No me amenaces. Don't threaten me.

Sem. ¡Oh, vieja avarienta! ¿No te contenta la tercera parte del oro?

Cel. ¿Qué tercera parte? ¡Fuera de mi casa o daré gritos° a los vecinos!

daré gritos I will shout

Sem. ¡Grita, que cumplirás lo prometido o terminarás tu vida!

Entra Elicia en este momento. Ve la espada que tiene Sempronio.

Eli. ¡Pármeno, deten° a Sempronio!

deten stop

Cel. ¡Justicia! ¡Justicia! ¡Me matan estos rufianes!

Sem. ¡Ahora vas al infierno, hechicera!

---

[2] Notice how Celestina belittles the gold chain, calling it *cadenita* or tiny little chain.

Cel.   ¡Confesión![3] ¡Confesión! ¡Muero!

Pár.   ¡Mátala, Sempronio, mátala!

Eli.   ¡Mi madre ha muerto!

Sem.   ¡Huye, Pármeno! Viene mucha gente.

Pár.   ¡Pobre de mi! ¡No se puede salir de aquí!
         ¡Allí está el alguacil!°   **alguacil** constable

El alguacil y mucha gente capturan a Sempronio y a
Pármeno.

Preguntas

1. ¿Por qué van Sempronio y Pármeno a la casa de Celestina?
2. ¿Qué quiere hacer Pármeno?
3. ¿Por qué se sorprende Celestina al ver a los dos hombres?
4. ¿Cómo los recibe? ¿Cómo está Sempronio?
5. ¿Qué sugiere Celestina?
6. Según Celestina, ¿qué pasó a la cadenita de oro?
7. ¿Qué dice Celestina de su trabajo?
8. ¿Qué ofrece Celestina a Sempronio y Pármeno si encuentra la cadena?
9. ¿Qué quiere Celestina antes de morirse?
10. ¿Quién mata a Celestina?
11. ¿Qué les occure a Sempronio y Pármeno?
12. ¿Tenían la razón Sempronio y Pármeno? ¿Tenía la razón Celestina?

[3] It is important for Catholics to receive the last rites before death. *Confesión* means "Bring a priest so I can confess my serious sins and, therefore, go to heaven."

—¡Confesión! ¡Confesión! ¡Muero!

DUODÉCIMO ACTO.

El triste fin de Calisto y Melibea.

En la mansión de Calisto, dos sirvientes, Tristán y Sosia, informan a Calisto que el alguacil y los jueces han decapitado° a Sempronio y Pármeno porque ellos mataron a Celestina. Calisto teme que su amor secreto con Melibea sea ahora pública. Manda a Tristán y Sosia preparar las escaleras para que esa misma noche Calisto pueda escalar las paredes del jardín de Melibea.

han decapitado have beheaded

Por la noche llegan a las altas paredes. Calisto las escala y baja al jardín. Al ver a Melibea, dice:

Cal.   ¡Oh, imagen de un ángel! ¡Te tengo en mis brazos!

Mel.   Señor mío, confío en ti.

Suenan tres campanadas.

Cal. Ya es la madrugada. El reloj dio las tres.

Mel. Ven de día por mis puertas, y de noche,
        como tú mandes.

Calisto manda a sus criados que pongan las escaleras para
su salida. Oye ruidos afuera y sale apresurado.

Cal. ¡Tristán! ¡Sosia! Pongan las escaleras.

Tri. ¡Cuidado, señor! ¡Agárrate° firme.   **Agárrate** Grab
        ¡Cuidado! ¡Las manos, señor! ¡Sosia! ¡Se
        descalabró° Calisto!   **descalabró** fractured
                                                 his skull

Muere Calisto. Adentro Lucrecia se entera° de lo que ha   **se entera** finds out
pasado.

Luc. ¡Escucha, Melibea! ¡Se descalabró Calisto!

Mel. ¿Qué oigo? ¡Amarga° de mi!   **Amarga** Bitter

Luc. ¡Calisto está muerto! ¡Muerto sin confesión!

Mel. ¡Soy la más triste entre las tristes!

Melibea, abatida,° va a la torre de su mansión. Dice que   **abatida** dejected
quiere estar junto a Calisto. Pleberio la ve y le habla.

Ple. Hija querida, ¿qué haces allí sola?

Mel. Padre mío. . . Ha llegado mi fin.
        Escúchame. El estrépito° que oyes, el   **estrépito** noise
        clamor de campanas, el alarido° de la gente, **alarido** scream
        el aullido° de los perros, y el estrépito de **aullido** howling
        armas. . . De todo soy yo la causa. Calisto
        murió. Yo tengo que morir. ¡Calisto!
        ¡Espérame! ¡Oh, padre mío muy amado,
        Dios quede contigo y con mi madre! ¡A Dios
        ofrezco mi alma!

Melibea se lanza de la torre y muere.

Ple. ¡Horror! Mi corazón se quiebra° de dolor **se quiebra** breaks
      sin mi amada hija. ¿Para quién edifiqué
      torres? ¿Para quién fabriqué barcos? Tierra,
      ¿por qué me sostienes? Melibea, ¿por qué
      me dejaste solo en este valle de lágrimas?

Preguntas

1. ¿Qué le informan Tristán y Sosia a Calisto?
2. ¿Qué teme Calisto?
3. ¿Cómo entra Calisto al jardín de Melibea?
4. ¿Cómo le llama Calisto a Melibea?
5. ¿Qué oye Calisto?
6. ¿Cómo muere Calisto?
7. ¿Cómo reacciona Melibea?
8. ¿Adónde va Melibea?
9. ¿Qué dice Melibea a su padre, Pleberio?
10. ¿Cómo muere Melibea?
11. ¿Cómo muestra su dolor Pleberio?
12. La vida es un valle de lágrimas. ¿Está Ud. de acuerdo con esta filosofía? ¿Por qué?

Vocabulario

The Master Spanish-English Vocabulary presented here represents the vocabulary as it is used in the context of this book.

The nouns are given in their singular form followed by their definite article only if they do not end in **-o** or **-a.** Adjectives are presented in their masculine singular form followed by **-a.** The verbs are given in their infinitive form followed by the reflexive pronoun **-se,** if it is required; by the stem-change **(ie), (ue), (i);** by the orthographic change **(c), (z), (zc);** by **(IR)** to indicate an irregular verb, or by the preposition that follows the infinitive.

A

abatido, -a dejected
abrir to open
aceite, el oil
acercarse (a) (qu) to come near (to)
acompañar to accompany
aconsejar to advise
acostarse (ue) to go to bed
acusar (de) to accuse (of)
achaques, los aches and pains
adelante onward
además besides
adentro inside
¿adónde? where?

adorar to adore, worship
adverso, -a contrary
advertir (ie) to warn
agarrar to grab
agradecer (zc) to thank, show gratitude
agüero omen
ahora now
al (+ *infinitive*) upon, on (+ *gerund*)
ala, el *(fem.)* wing
alabar to praise
alarido scream
alcahueta go-between
alcanzar (c) to obtain, achieve

41

alcoba bedroom
alegrarse (de) to rejoice, be happy (about)
alegre happy
algo something
alguacil, el constable
alguien someone
alivio relief
alma, el (fem.) soul
alto, -a tall
allí there
amansar to tame
amantes, los lovers, sweethearts
amar to love
amargo, -a bitter
amenazar (c) to threaten
amistad, la friendship
amo master
amor, el love
ángel, el angel
ante at
antes de before
aparte aside
apoyar to support
apresurar(se) to hurry, rush
aprovecharse (de) to take advantage (of)
apurar(se) to hurry, rush
aquí here
argumento plot
artefacto device
así so
asno donkey, jackass
astuto, -a cunning
asunto matter
aullido howling
aún still, yet, even
aunque although
avariento, -a miserly, stingy
aventajar to surpass, excel
averiguar to find out
ayudar to help

B

bajar to go down
barba beard, (pl.) whiskers
barbudo, -a bearded
bastante sufficient
belleza beauty
bello, -a beautiful

bienvenido, -a welcome
blanco, -a white
bolsa purse
bravo, -a ill-tempered
brazo arm
bruja witch
brujeria witchcraft
buscar (qu) to look for

C

cabello hair
cabra goat
cadena chain
cadenita tiny chain
calmarse to calm down
campanada peal (of a bell)
canción, la song
capturar to capture
cara face
castigar to punish
caza hunt, hunting
celebración, la celebration
celoso, -a jealous
cerrar (ie) to close
cesta basket
cielo heaven
cirujano surgeon
clamor, el toll (of bells), clatter
claro, -a clear, pure
codicia greed
como as, like
  como si as if, as though
¿cómo? how?, what?
compartir to share
compasión, la compassion
confiarse (de) to trust (in)
confundirse to become confused
conjurar to conjure
conocer (zc) to know, recognize
  se conoce it is clear; it is recognized
conquistar to conquer
conseguir (i) to obtain
consentir (ie) to agree, consent
consigo with him, her, you
consolar (ue) to console
constructor, el builder
consuelo consolation
contar (ue) to tell
contigo with you (fam.)

contra against
contradecir (IR) to contradict
convencer (z) to convince
convertir (en, a) (ie) to turn (into), convert (to)
corazón, el heart
cordón, el cord
corresponder to correspond, return (affection)
cortar to cut
cosa thing
cosméticos cosmetics
costurera seamstress
crear to create
creer (IR) to think, believe
criado servant
cristiano, -a Christian
¿cuál? which?, what?
cuando when
¿cuándo? when
cuarto, -a fourth
cuello neck
cuerpo body
¡cuidado! be careful!
cuidar to care for, take care
cumplir to fulfill
curar to cure

D

dañar to damage
dar (IR) to give
  dar fe to give one's word
  darse cuenta de to realize
débil weak
decapitar to behead
decidir to decide
décimo, -a tenth
decir (IR) to say
  dile tell him, her
  dime tell me
dejar to let, allow; leave
depender (de) to depend (on)
derribar to knock down
desastroso, -a disastrous
descalabrar to fracture one's skull
describir to describe
descubierto, -a discovered, found out
desde since
  desde adentro from inside
  desde que since

deseo desire
deshacerse (IR) to get rid of
desleal disloyal
despachar to get rid of, send away
despedir (i) to dismiss, fire
despedirse (de) (i) to take leave (of), say good-by
despegar (gu) to separate
despierto, -a awake
después de after
detener (IR) to stop
dicho saying
diente, el tooth
difícil difficult
digno, -a worthy
dilatar to prolong, stall
dinero money
Dios God
dirigirse (a) (j) to head (toward)
disculpa excuse
distraerse (IR) to distract oneself
doblón, el doubloon
dolor, el ache, pain
  dolor de muelas toothache
donde where
¿dónde? where?
dormir (ue) to sleep
dragón, el dragon
duda doubt
dulce sweet
durar to last

E

edad, la age
edificar (qu) to build
emoción, la emotion, excitement
emplumado, -a feathered
emplumar to (tar and) feather
en in
  en cambio in return
  en realidad really
enamorado, -a boyfriend, girlfriend
enamorarse (de) to fall in love (with)
encargo request, assignment, job
encontrar (ue) to find
encubierto, -a cloaked, covered up
encuentro meeting, encounter
enfadado, -a angry
enfermedad, la sickness, disease
enfermo, -a sick person

engañar to deceive
engaño deception
enojado, -a angry
enojar anger
entender (ie) to understand
enterarse (de) to find out (about)
entonces then
entrar (en) to enter
entre among
entrevista meeting, interview
envidia jealousy
escalar to climb, scale
escalera ladder
escapar to escape
escondido, -a hidden
escrito, -a written
escuchar to listen
esfuerzo effort
espada sword
espantar to frighten
esperanza hope
esperar to wait
esposo, -a husband, wife
estar (IR) to be
  estar prevenido to be arranged
estrépito noise, clatter
éxcito success
explicar (qu) to explain
explotar to exploit
expresar to express
extraviarse to get lost

F

fabricar (qu) to build
falso, -a false
fama reputation
fiel faithful
fin, el end
finalmente at last
fingido, -a pretended, false
fortuna fortune
forzar (ue) (c) to force
fuego fire
¡Fuera! Get out!, Go away!
fuera outside
fuerte strong

G

gana will
  de mala gana unwillingly
gastar to spend
gato cat
generosidad, la generosity
gente, la people
gentil genteel, noble
gloria glory
glorioso, -a glorious
gozar (c) to enjoy
gracioso, -a funny, gracious
gran great
grandeza greatness
gritar to shout
grito shout, scream
guardar to keep, put away
  guardar en secreto to keep secret

H

hablarse to talk to oneself
hacer (IR) to make
hacia toward
halago flattery
halcón, el falcon
hasta as far as, until
hay there is; there are
hechicera witch
heredero, -a heir, inheritor
herejía heresy
hermano brother
hermoso, -a beautiful
hiel, la bile, gall
higo fig
hilo thread
honrado, -a honest
huerto garden, orchard
huir (IR) to flee

I

iglesia church
igual equally, the same
imagen, la image, picture
impaciente impatient
impedir (i) to stop, impede

indignado, -a irritated
infierno hell
informar to tell, inform
inoportuno, -a untimely, inopportune
insistencia insistence
intención, la intention
interesarse to be interested
inútil useless
ir (IR) to go
ira anger
irritado, -a irritated, exasperated
irse (IR) to go away

J

jardín, el garden
jarro jar, jug
joven, el or **la** young man,
   young woman
joya jewel
juez, el judge
juntar to join
junto a next to
juventud, la youth
juzgar (gu) to judge

L

lado side
lágrima tear
lamentarse to lament, wail
lana wool
lanzarse (c) to jump off
largo, -a long
laúd, el lute
leal loyal, faithful
lengua tongue
levantarse to get up
librar to free
limpiamente cleanly
limpio clean, honest
lindo, -a pretty, beautiful
lobo, -a wolf
locamente crazily
loco, -a crazy
locura insanity
los que those who
luego next, then

Ll

llamar (a) to call (to)
llamarse to be called, named
llave, la key
llegar (a) (gu) to arrive, reach
llevar to take
llorar to cry

M

madrugada dawn
maestro, -a master
mal, el affliction, illness
mala gana ill will
maldito, -a wretched one
malvado wicked man
mandar to order
mano, la hand
manto shawl
mañana morning, tomorrow
maravedí old Spanish gold coin
más que more than
matar to kill
mayor greater
medianoche, la midnight
mejor better
melancólico, -a gloomy
mensaje, el message
mentir (ie) (i) to lie
mentiroso, -a lying
merced, la mercy
merecedor, -a worthy, deserving
merecer (zc) to deserve, merit
miel, la honey
mientras tanto meanwhile
mirar to look
miserable miserable, wretched
mismo, -a same
   la misma sospecha suspicion itself
monedas coins
morir (ue) to die
mostrar (ue) to show
motivo motive, reason
muela molar, tooth
muerte, la death
mundo world
murciélago bat
murmurar to murmur, speak

N

nada nothing
navío ship
necesitar to need
ni nor, not
  ni . . . ni neither . . . nor
  ni por un instante not for a
  moment
nieve, la snow
niñez, la childhood
nombre, el name
noticias news
noveno, -a ninth
nuevamente once again

O

obtener (IR) to obtain
octavo, -a eighth
ocurrir to happen
oficio trade, business
ofrecer (zc) to offer
oír (IR) to hear
ojo eye
olvidar to forget
oportunista opportunistic
oración, la prayer
oro gold
osadía daring, nerve
osado, -a daring
otro, -a other, another

P

paciencia patience
pagar (gu) to pay
pantalones pants
papel, el paper
para for
  para que so that, in order that
parecer (zc) to seem
pared, la wall
pasado, -a overripe
pasar to happen, pass
pasatiempo pastime
paz, la peace
pedir (i) to ask
peligro danger
peligroso, -a dangerous

penoso, -a sorrowful, painful
pensar (ie) to think
peor worse, worst
perder (ie) to lose
perdonar to forgive
perfumera perfume maker
perla pearl
personaje, el character
pestaña eyelash
pie, el foot
piel, la skin
placer, el pleasure
Plutón Pluto, god of the dead
pobre poor
poder, el power
poder (ue) to be able
poderoso, -a powerful
ponerse (IR) to put on
  ponerse a salvo to be on safe
  ground
por for, because of
  por entre through
  por medio de by means of, through
  por su parte on his part
¿por qué? why?
porque because
preferir (ie) to prefer
preguntar to ask
premio reward, prize
preocuparse (de) to worry (about)
prepararse to prepare oneself, get
  ready
presencia presence
presentar to introduce
prevenir (IR) to warn
primer, -o, -a first
primo, -a cousin
privar to deprive
prometer to promise
prometido, -a promised
pronto soon
proteger (j) to protect
provecho advantage, profit, benefit
puerta door

Q

que that, who, which, what
¿qué? what?
quebrar (ie) to break
quedarse to remain

quejarse to complain
quemado, -a burned
quemar to burn
querer (IR) to want, wish
¿quién?, ¿quiénes? who?
quinto, -a fifth
quitar to take away

R

razón, la reason
reaccionar to react
recibir to receive
recitar to recite
reclamar to reclaim
reconocer (zc) to recognize
recordar (ue) to remember, remind
rechazar to reject
regalo gift
regresar to return
reírse (de) to laugh (at)
relación, la relation
religión, la religion
reloj, el clock
reposar to rest
responder to respond, to answer
reverendo, -a respected, revered
rezar (c) to pray
rico, -a rich
rincón, el corner
riqueza wealth
rivalidad, la rivalry; enmity, ill will
robar to steal
rogar (ue) (gu) to beg, plead
rojo, -a red
ropa clothing
rufián, el scoundrel, thug
ruido noise

S

saber (IR) to know
sacar (qu) to extract, take out
  sacar provecho de to take
  advantage of, make a profit from
salario salary, wages
salir (IR) to leave
saltaparedes, el wall-jumper; a young
  mischievous, wild person
salud, la health

saludar to greet
salvar to save
sangre, la blood
santo saint
santo, -a holy, blessed
sastre, el tailor
satisfecho, -a satisfied
saya skirt
secreto secret
secundario, -a secondary
sed, la thirst
seguir (i) to continue
según according to
segundo, -a second
sentarse (ie) to sit down
sentir (ie) to feel
séptimo, -a seventh
ser (IR) to be
serpiente, la snake
seso brain
sexto, -a sixth
siervo slave
significado meaning
silencio silence
sin without
  sin embargo nevertheless
sirvienta female servant
sirviente, el male servant
sobre about, of
soledad, la loneliness
solimán, el skin spot remover
sólo only
solo, -a alone
solucionar to solve
sonar (ue) to sound, ring
sorprenderse (de) to be surprised (at)
sospecha suspicion
sospechar to suspect
sostener (IR) to support
subir to go up
suceder to happen, occur
sucumbir to succumb, yield
sugerir (ie) to suggest
suponer (IR) to suppose
suyo, -a his, hers, yours

T

también also
tan such a
  tan . . . como as . . . as

tejer to weave
temer to fear
temible to be feared, fearful
temor, el fear
templarse to control oneself
tener (IR) to have
  tener miedo (de) to be afraid (of)
  tener prisa to be in a hurry
  tener vergüenza to be ashamed,
    embarrassed
tercer, -o, -a third
terminar to finish
tierra earth
tocar (qu) to knock; touch; play (an
  instrument)
tonto fool
toparse (con) to run (into)
torpe, el stupid, fool
torpezas foolishness
torre, la tower
trabajo job, work
traer (IR) to bring
traidor, -a disloyal, treacherous
trasquilar to shear
tratar to treat
tratar (de) to try (to)
trato deal, dealing
triste sad
tristeza sadness
Troya ancient city in Asia Minor
turbado, -a perturbed, upset
tuyo, -a your, yours

U

undécimo, -a eleventh
único, -a only
unirse to join, unite
untar to smear
urgir (j) to urge

V

vacilar to hesitate
valle, el valley
varios several
vejez, la old age
vender to sell
veneno poison
venir (IR) to come
verdad, la truth
verdadero, -a true, real
verde green
vergüenza embarrassment
verificar to verify
verse to see oneself, find oneself
vez, la time
  una vez once
víctima victim
vida life
vieja old woman
virtud, la virtue
visita visit
visitar to visit
volar (ue) to fly
volver (ue) to return
voz, la voice

Y

ya already, now

NTC SPANISH TEXTS AND MATERIAL

Computer Software
Basic Vocabulary Builder on Computer
Amigo: Vocabulary Software

Videocassette, Activity Book, and Instructor's Manual
VideoPasaporte—Español

Graded Readers
Diálogos simpáticos
Cuentitos simpáticos
Cuentos simpáticos

Workbooks
Ya escribimos
¡A escribir!
Composiciones ilustradas
Spanish Verb Drills

Exploratory Language Books
Let's Learn Spanish Picture Dictionary
Spanish Picture Dictionary
Getting Started in Spanish
Just Enough Spanish
Multilingual Phrase Book

Conversation Books
¡Empecemos a charlar!
Basic Spanish Conversation
Everyday Conversations in Spanish

Manual and Audiocassette
How to Pronounce Spanish Correctly

Text and Audiocassette Learning Packages
Just Listen 'n Learn Spanish

High-Interest Readers
Sr. Pepino Series
  La momia desaparece
  La casa embrujada
  El secuestro
Journeys to Adventure Series
  Un verano misterioso
  La herencia

El Ojo de agua
El enredo
El jaguar curioso

Humor in Spanish and English
Spanish à la cartoon

Puzzle and Word Game Books
Easy Spanish Crossword Puzzles
Easy Spanish Word Games & Puzzles
Pasatiempos para ampliar el vocabulario
  (Vol. I-IV)

Transparencies
Everyday Situations in Spanish

Duplicating Masters
Lotería, Creative Vocabulary Bingo Games
Lotería, Creative Verb Bingo Games
Crucigramas para estudiantes
Rompecabezas para estudiantes
Pasatiempos
Buscapalabras
The Newspaper
The Sports Page

Handbooks and Reference Books
Complete Handbook of Spanish Verbs
Spanish Verbs and Essentials of Grammar
Nice 'n Easy Spanish Grammar
Harrap's Spanish Grammar
Harrap's Spanish Verbs
Harrap's Spanish Vocabulary
Guía de correspondencia española
Guía de modismos españolas

Dictionaries
Vox Modern Spanish and English Dictionary
Vox New College Spanish and English Dictionary
Vox Compact Spanish and English Dictionary
Vox Everyday Spanish and English Dictionary
Vox Traveler's Spanish and English Dictionary
Vox Super-Mini Spanish and English Dictionary
Cervantes-Walls Spanish and English Dictionary
Plus songbooks, games, tests, realia, and more!

For further information or a current catalog, write:
National Textbook Company
a division of NTC Publishing Group
4255 West Touhy Avenue
Lincolnwood, Illinois 60646-1975 U.S.A.